Analyse de l'œuvre

Par Florence Casteels

Les choses humaines

Karine Tuil

lePetitLittéraire.fr

Analyse de l'œuvre

Par Florence Casteels

Les choses humaines

Karine Tuil

lePetitLittéraire.fr

Rendez-vous sur lepetitlitteraire.fr et découvrez :

Plus de 1200 analyses
Claires et synthétiques
Téléchargeables en 30 secondes
À imprimer chez soi

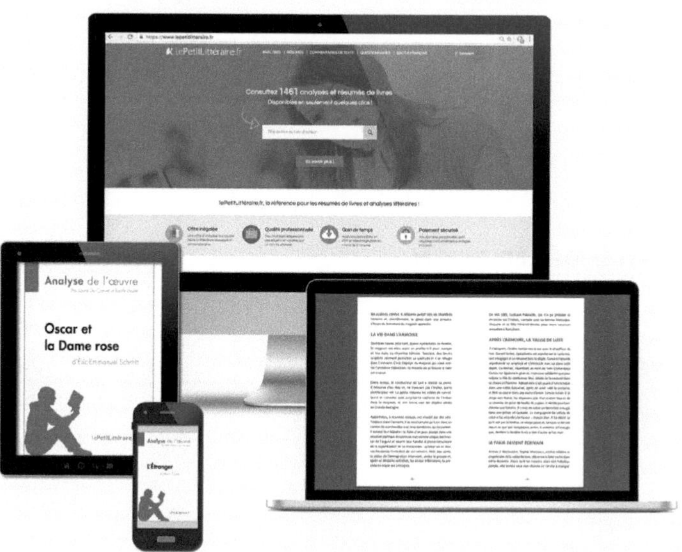

LES CHOSES HUMAINES 5

Entre justice des tribunaux et justice des réseaux sociaux 5

KARINE TUIL 7

Romancière française 7

RÉSUMÉ 9

ÉTUDE DES PERSONNAGES 15

Alexandre Farel 15

Jean Farel 16

Claire Farel 18

Mila Wizman 20

CLÉS DE LECTURE 22

Le règne de l'apparence 22

Des situations floues et ambigües 25

Les contradictions de l'identité 29

PISTES DE RÉFLEXION 32

Quelques questions pour approfondir sa réflexion… 32

POUR ALLER PLUS LOIN 34

Édition de référence 34

Adaptations 34

LES CHOSES HUMAINES

ENTRE JUSTICE DES TRIBUNAUX
ET JUSTICE DES RÉSEAUX SOCIAUX

- **Genre :** roman
- **Édition de référence :** *Les Choses humaines*, Paris, Gallimard, coll. « Blanche », 2019.
- **1re édition :** aout 2019
- **Thématiques :** agression sexuelle, viol, procès, drame social, monde des apparences et des médias, féminisme, vies brisées, contradictions des individus.

Le couple Jean et Claire Farel représente la réussite sociale et professionnelle. Tous deux journalistes, ils se retrouvent fréquemment sous le feu des projecteurs et sont admirés pour leurs accomplissements comme pour la solidité de leur mariage. Dans le privé pourtant, les époux ne partagent plus rien, si ce n'est les débats intellectuels et leur fils, Alexandre. Ce dernier est à la hauteur des attentes de ses parents. Diplômé de Polytechnique, étudiant à Stanford aux États-Unis et sportif émérite, Alexandre a tout pour plaire. Pourtant, le jeune homme est un être anxieux et réservé sous ses airs de beau parleur. Un jour, il est accusé de viol et la dégringolade sociale s'enclenche. A-t-il vraiment agressé sexuellement une jeune femme alors même qu'il est promis à un avenir grandiose ? Dans un climat de haine et de déchainement des accusations pour viol sur les réseaux sociaux, Alexandre Farel est pris dans l'engrenage de la justice pour démêler le vrai du faux.

Karine Tuil offre un roman des plus actuels qui décrypte tous les aspects de la société moderne. La complexité des personnages et des situations laisse percevoir non pas une, mais deux vérités d'un même évènement. Les mots sont crus et déroutants, les scènes sont violentes et poignantes. Élu Prix Goncourt des lycéens et Prix Interallié 2019, *Les Choses humaines* fait l'unanimité auprès du public. Il est également adapté au cinéma par Yvan Attal en 2021.

KARINE TUIL

ROMANCIÈRE FRANÇAISE

- **Née en 1972 à Paris**
- **Quelques-unes de ses œuvres :**
  - *La Domination* (2008), roman
  - *L'Invention de nos vies* (2013), roman
  - *L'Insouciance* (2016), roman

Française aux origines juives, Karine Tuil suit des études de droit à l'Université Paris II-Assas. Après son diplôme, elle travaille sur une thèse de doctorat qu'elle ne finira pas, préférant se consacrer à l'écriture. En effet, en 1998, elle est remarquée par le directeur du Figaro littéraire, Jean-Marie Rouart, pour son premier roman, *Pour le Pire*, édité deux ans plus tard chez Plon. Ses débuts sont marqués par le thème du judaïsme et de la crise identitaire tout au long d'une trilogie romanesque aux tons burlesque et tragicomique.

S'ensuit une écriture davantage sociale aux éditions Grasset avec *Tout sur mon frère* (2003) ou *La Domination* (2008). Karine Tuil présente souvent des univers de pouvoir où les personnages font face aux hypocrisies du monde qui les entoure. Petit à petit, l'écrivaine poursuit dans la veine sociale et interroge la place des individus dans la société. Elle reçoit le prix littéraire Les Lauriers Verts en 2013 pour *L'Invention de nos vies* et le Landerneau des lecteurs pour *L'Insouciance* en 2016. Son roman *Les Choses humaines* obtient le Prix Interallié ainsi que le Goncourt des lycéens en 2019. En 2017, Karine Tuil était faite Officière de l'ordre des Arts et des Lettres par la ministre de la Culture et de la Communication.

RÉSUMÉ

De l'extérieur, la famille Farel ressemble à un couple épanoui dans le privé comme dans le travail avec un fils intelligent qui réussit ses études avec brio. Jean Farel, 70 ans, est un animateur télé reconnu qui aime être auprès de son public et être admiré. Claire, elle, âgée d'une quarantaine d'années, est journaliste et écrivaine qui milite pour la cause féministe. Ensemble, ils représentent la réussite sociale et professionnelle que beaucoup envient. Dans la réalité, ils ne s'aiment plus depuis longtemps et n'ont plus grand-chose à partager si ce n'est leur gout pour les discussions intellectuelles et leur fils, Alexandre.

Destiné à un avenir brillant, Alexandre a 21 ans lorsqu'il rejoint les États-Unis pour étudier à l'Université de Stanford après un premier diplôme en Polytechnique à Paris. Il est ainsi souvent absent, et, quand il revient en France, il trouve sa maison vide. Ses parents n'ont en effet que peu de temps à lui accorder à cause de leur boulot et de leurs nombreuses apparitions publiques, ce qui le fait beaucoup souffrir malgré son apparente indifférence. Ses journées sont consacrées à la réussite, tant sociale que scolaire et même sportive. Alexandre est athlétique, très intelligent et sociable en public. Pourtant, dans la sphère privée, il est réservé et très angoissé. Quelques années auparavant, il a tenté de se suicider à cause de la pression qu'il avait en prépa à Polytechnique.

Il revient en France début janvier 2016 pour la cérémonie de remise de la Légion d'honneur à son père, de la part du Président. Encore une fois, la famille ne se réunit que pour assurer une image de foyer heureux et soudé, alors qu'il ne s'agit que d'apparences. En réalité, Claire vient de demander le divorce. Leur union de façade ne la contente plus et elle veut désormais être libre et capable de vivre pour elle. Elle a rencontré un autre homme avec qui la passion amoureuse et sexuelle est forte, Adam Wizman, professeur de français dans une école juive. Elle emménage dans un petit appartement avec lui peu après, mais continue à faire bonne figure devant la presse avec Jean.

Pour Alexandre, le divorce de ses parents n'est pas tellement une surprise et il ne s'en soucie que peu. Il en veut toutefois à sa mère d'avoir déménagé derrière son dos pendant son absence. Il n'apprécie pas beaucoup Adam et trouve que lui et sa fille, Mila, n'ont pas de conversation et ne sont pas des gens intéressants. Il pense retourner rapidement aux États-Unis étant donné que rien ne le retient ici et que même sa famille n'en a que faire qu'il soit là ou pas. Claire en a en réalité assez de devoir se battre pour tenir le foyer et pour réunir tout le monde ; elle veut penser à sa vie et à son bonheur, pour une fois.

Le soir du 11 janvier 2016, cependant, le drame survient. Après avoir rendu visite à Claire et Adam, Alexandre se rend à une soirée dans Paris et Mila l'accompagne, sur les conseils de son père. Là-bas, Mila semble un peu perdue, elle ne connait personne et a du mal à s'intégrer. Alexandre, lui, est avec ses amis, ils boivent et ils fument. Après un moment, un des garçons lance le défi de séduire une fille, coucher avec et ramener sa culotte avant deux heures du matin. Pour Alexandre, ils désignent Mila ; il accepte.

Alexandre et Mila discutent alors pendant un moment, il lui offre à boire, puis ils décident de sortir. La jeune femme n'a jamais bu d'alcool auparavant ni fumé et se sent donc un peu mal. Prendre l'air lui fait du bien, mais elle craint le danger dehors à cette heure tardive. Alexandre la rassure en lui disant qu'il a toujours un couteau avec lui depuis les attentats. Il veut prendre de la drogue et trouve un dealeur. Cette fois, Mila a peur que la police les attrape ; Alexandre lui propose donc de se cacher dans un local à poubelle pas loin. Ils s'y rendent ensemble et fument un peu, tandis qu'Alexandre prend de la cocaïne. Après un moment, ils s'embrassent, puis Alexandre prend sa nuque et la colle contre son sexe afin qu'elle lui fasse une fellation. Il introduit ensuite ses doigts en elle, puis la pénètre pendant peu de temps. Il finit par éjaculer sur ses fesses puis lui vole sa culotte. Ils se rhabillent chacun de leur côté rapidement et sortent du local. Alexandre lui annonce que c'était un bizutage et qu'il lui a pris son sous-vêtement. À cet instant, Mila fond en larmes et annonce qu'elle rentre chez elle.

Le lendemain, Alexandre s'en veut d'avoir fait de la peine à Mila en l'humiliant de la sorte. Il se dit qu'il a peut-être été un peu brutal avec elle à cause de l'alcool et de la drogue. Plus tard dans la journée, la police débarque chez lui et l'arrête : il est accusé de viol. Quand elle est rentrée chez elle, Mila était en pleurs et a tout raconté à sa mère. Elle n'a jamais voulu avoir de rapport avec Alexandre. Il l'a forcée du début à la fin. Elle n'a pas su crier ni se débattre pendant l'acte, elle était tétanisée et a seulement pensé au couteau qu'il avait dit avoir sur lui. Son instinct de survie lui a dicté de faire tout ce qu'il voulait pour en finir le plus vite possible et pouvoir s'échapper. En entendant tout ça, sa mère appelle la police et l'accompagne au commissariat pour porter plainte contre Alexandre Farel.

Dès lors, les conséquences sont nombreuses dans la vie de tous les proches des deux jeunes. Jean est effrayé de voir sa carrière sombrer pour une affaire qui ne le regarde même pas directement. Claire s'effondre en pensant qu'elle a raté l'éducation de son fils si ces accusations s'avèrent vraies. En outre, son nouveau compagnon, Adam, la rejette et met fin à leur relation étant donné le mal qu'Alexandre a fait à sa fille. Mila, elle, est sous le choc et ne peut s'arrêter de pleurer. Elle s'engouffre dans une spirale destructrice et tombe dans la boulimie au point de prendre de nombreux kilos. Alexandre, quant à lui, ne peut plus rentrer aux États-Unis et est harcelé partout où il va et sur les réseaux sociaux. Ses ambitions sont détruites et il passe plusieurs semaines en prison où il se fait tabasser tous les jours.

Les auditions, les examens, les déclarations se succèdent pour Alexandre comme pour Mila après l'accusation. À la fin de sa garde à vue, le jeune homme est libre, mais mis en examen pour viol. Il n'a pas le droit de quitter le pays ni de s'approcher de Mila. Pendant plus de deux ans, les procédures judiciaires vont se poursuivre en attente du procès. Lors des interrogatoires, il faut sans cesse répéter la même chose et toujours ressasser les évènements, afin de voir si les éléments n'ont pas changé, si l'un ou l'autre ne va pas craquer ou donner une version différente des faits, etc. Ces procédures sont longues et épuisantes pour tout le monde, mais l'accusé comme la victime tentent de rester forts et de surmonter les épreuves.

Peu avant que le procès ne démarre, les réseaux sociaux s'enflamment avec les hashtags MeToo et BalanceTonPorc. Dans ce climat de délation des agressions sexuelles subies par les femmes, l'affaire Farel est mise au premier plan par les médias. Tout le monde pointe du doigt Alexandre et le condamne sur Internet, alors même que son jugement n'a pas été déclaré. Pour les internautes, il est déjà coupable, présomption d'innocence ou pas.

Le procès dure cinq jours. Cinq jours durant lesquels tous les éléments et les personnes qui touchent de près ou de loin à l'affaire sont questionnés et passés au crible. Les portraits des parties civile et défense sont présentés plus ou moins objectivement tant par des psychologues et des médecins que par des amis, de la famille, des avocats, etc. Les blessures et les traumas des deux individus sont révélés pour offrir une vision la plus complète possible de leur personnalité. On découvre qu'Alexandre est un jeune homme attiré par le sexe qui aime parler crument et un peu brusquement lors de ses ébats sexuels, sans pour autant être violent. Du côté de Mila, on apprend qu'elle n'était plus vierge au moment des faits et qu'elle a eu une relation avec un homme marié. Pour l'un comme pour l'autre, leur version des faits restera inchangée du début à la fin : Alexandre affirme qu'elle était consentante, Mila qu'il l'a violée.

Le verdict tombe : Alexandre est coupable et condamné à cinq ans de prison avec sursis – la peine la moins répressive possible. Il est donc remis en liberté, mais n'a droit à aucun faux pas durant ce laps de temps. La souffrance de Mila est certes reconnue, mais la justice n'est pas assez dure avec son agresseur, selon sa famille et son avocat. Des associations féministes continuent à cracher sur Alexandre et sur la culture du viol qui gagne encore malgré tout. Peu importe le résultat, finalement, tant la vie du jeune homme ambitieux et sportif que celle de la femme réservée et stressée sont détruites à jamais.

Au dernier chapitre, Alexandre se trouve à New York où il semble reconstruire son existence. Il n'est plus le même et a dû tout recommencer à zéro. De son côté, Claire est perdue et plongée dans l'angoisse et la culpabilité d'avoir raté l'éducation de son fils et d'avoir bafoué ses idéaux féministes pour protéger un violeur. Pour Jean, qui s'est remarié entre les accusations de viol et le début du procès avec une journaliste stagiaire de 24 ans, une nouvelle vie s'offre à lui avec un deuxième enfant de sa nouvelle femme.

ÉTUDE DES PERSONNAGES

ALEXANDRE FAREL

Fils de Jean et Claire Farel, Alexandre est un jeune homme de 21 ans à qui tout réussit. Diplômé ingénieur de l'école Polytechnique de Paris, il étudie désormais à l'université de Stanford en Californie. Blond aux yeux bleus, très poli, Alexandre a un certain charme, est très intelligent et parle très bien. Ses parents lui ont inculqué une éducation stricte et tournée vers l'intellect. Sa mère, féministe convaincue, l'a élevé dans le respect et l'égalité entre les hommes et les femmes. Son père, lui, l'a poussé à toujours plus de réussite tant scolaire que sportive et toujours plus d'ascension sociale.

Cependant, Alexandre est quelqu'un de renfermé et de timide. En réalité, il est craintif, il a peur de l'échec et supporte mal les disciplines trop strictes. Ainsi, en école de prépa pour Polytech, il fait une tentative de suicide qui secoue ses parents. Il s'agissait plutôt d'un besoin d'attention que d'une véritable envie de mourir. En effet, Claire et Jean Farel sont extrêmement pris par leur travail et ne sont pas très présents dans la vie d'Alexandre qui souffre de ce vide. Depuis cette expérience dramatique, le jeune homme semble différent, quelque chose s'est cassé en lui, bien qu'il continue ses études brillamment.

Un peu immature, il est beaucoup porté sur le sexe, comme la plupart des jeunes de son âge. Il aime tous types de pratiques sexuelles et opte souvent pour un langage cru et obscène lors de ses ébats, mais n'a jamais recours à la violence.

La nuit du 11 au 12 janvier 2016, il n'a pas pu percevoir la détresse de Mila, car il a l'habitude de plaire sans forcer. Tout au long de son procès, Alexandre restera convaincu de son innocence. S'il lui a fait du mal, toutefois, il s'en excuse et reconnait avoir pu être brusque dans ses paroles ou ses gestes, mais seulement parce que c'est son habitude lors de rapports sexuels. Durant son procès, il est capable de reconnaitre les faits – sans jamais avouer l'avoir violée toutefois – et ne ment jamais. Il livre simplement sa version de la scène.

Une fois l'affaire terminée, Alexandre s'enferme dans une asociabilité contraire à tout ce qu'il avait toujours connu. On découvre un Alexandre déçu par les relations humaines, qui souhaite désormais des rapports sans ambigüité. S'il n'a pas perdu son gout pour le sexe, il ne séduit plus et se cantonne à des rencontres prévues où le consentement est explicitement donné à l'avance.

JEAN FAREL

De 27 ans son ainé, Jean est le mari de Claire Farel, avec qui, depuis plusieurs années, il maintient un mariage de façade. Loin du couple parfait qu'ils montrent au public, ils ne restent ensemble que pour l'image et pour la sécurité. Ils s'entendent très bien sur le plan intellectuel, mais sur aucun autre. Seul Alexandre les relie vraiment et les empêche de se séparer. Depuis 18 ans, il mène une double vie avec la directrice d'un journal, Françoise Merle.

Jean ne se préoccupe que de son travail. Animateur d'une émission politique à grand succès, il a l'habitude des fans et des messages d'amour comme de haine sur les réseaux sociaux. Jean cultive ainsi son image publique de façon à obtenir la reconnaissance et l'admiration du public. À plus de 70 ans, il n'imagine pas une seconde quitter l'antenne et craint d'être un jour remplacé par quelqu'un de plus jeune. C'est pourquoi il se contraint à une discipline de fer pour garder la forme, rester beau et athlétique. Jean affirme que son fils est la meilleure réussite de sa vie. Il l'admire réellement bien qu'il se montre exigeant et parfois violent envers lui. Au fond, Jean se sent coupable pour certains comportements d'Alexandre. Il s'en veut par exemple de l'époque où son fils est devenu anorexique parce que lui tient un régime très strict. À aucun moment, Jean ne peut imaginer que son fils ait violé une fille.

Jean est très marqué par le climat de délation de la part des femmes sur les agresseurs sexuels. Il prend toutes ses précautions pour ne pas être accusé de quoi que ce soit. Lorsqu'il séduit des jeunes femmes, il s'oblige tou- jours à obtenir leur consentement et à être respectueux. Pendant le procès de son fils, toutefois, Jean expose bien la parole d'un homme privilégié qui ne prend pas en compte les souffrances qu'un viol peut engendrer aux femmes.

Malgré sa relation adultère sur le long terme avec Françoise, Jean continue à préférer les apparences et la jeunesse en choisissant de se remarier après son divorce, avec une jeune de 24 ans, Quitterie Valois, qui lui donne une petite fille. À la fin du roman, il semble avoir pris de l'âge et être prêt à définitivement lâcher son métier pour se consacrer à ses enfants. Le procès l'aura finalement rendu moins égoïste et plus à l'écoute de ses proches.

CLAIRE FAREL

D'origine franco-américaine, Claire est une intellectuelle respectée, d'abord journaliste, puis écrivaine féministe à succès. Blonde aux yeux bleus, de corpulence fluette, elle provient d'une bonne famille, entre une mère traductrice et un père professeur de droit à Harvard. Sa mère était partie du jour au lendemain pour vivre une passion amoureuse, avant de revenir plusieurs mois plus tard quand la fougue était passée.

En rencontrant Jean Farel, elle a abandonné toutes ses ambitions pour se marier et rester en France avec lui. Grâce à lui, elle a été propulsée dans le monde intellectuel français et a su rapidement gagner le respect de ses pairs. Jean a ainsi été son mentor, mais aussi une autorité presque paternaliste qui l'assujettissait.

Alors que, en public, Claire proclame son indépendance et sa liberté en tant que femme, en privé, elle se soumet beaucoup à son mari ainsi qu'à son rôle de mère. Pour la première fois en 20 ans de mariage, elle va s'autoriser à aimer quelqu'un d'autre et à retrouver un peu de bonheur dans sa vie. Bien qu'elle ait beaucoup jugé sa mère pour avoir cédé à l'amour après 40 ans, Claire s'éprend d'un professeur de français marié, Adam Wizman, homme juif traditionnel, et divorce de Jean.

Pour la première fois, Claire et Adam vivent pour eux-mêmes et non plus pour leur famille. Lors du procès de son fils, Claire est toutefois ramenée à la réalité et forcée de reprendre son rôle de mère qu'elle pensait pouvoir mettre un peu de côté avec son histoire d'amour. Les accusations de la fille d'Adam sur Alexandre brisent le bonheur qu'elle avait réussi à créer et mettent fin à une nouvelle vie qui était sur le point de s'écrire.

Bien que journaliste engagée, Claire a du mal à supporter les critiques et la haine qui se déverse sur les réseaux sociaux à son encontre. Lorsque ces messages portent sur son fils, elle va véritablement se briser intérieurement. Elle se sent coupable d'avoir raté l'éducation d'Alexandre. En même temps, Claire ne peut pas croire que son fils ait violé quelqu'un, mais, en voyant Mila et ses syndromes posttraumatiques, elle doute de la sincérité d'Alexandre. Cette fois, elle ne peut pas être du côté de la victime, mais doit rester du côté de l'agresseur, parce qu'il s'agit de son fils.

Durant le procès, Claire refuse catégoriquement toute déclaration publique alors même qu'elle a représenté de nombreuses femmes violées auparavant. Pour elle, il s'agit de son plus grand échec. Elle trahit ses convictions profondes pour protéger son fils, parce qu'elle n'a pas le choix. Elle souffre non seulement pour Alexandre, mais aussi parce que ses propres idéaux sont piétinés de son plein gré. La femme libre et indépendante qu'elle avait enfin décidé de devenir n'est plus et, à nouveau, Claire ne vit que pour son fils. En entendant les décla-rations d'Alexandre comme de Jean, elle se rend compte combien la domination masculine et la pensée viriliste sont encore ancrées en eux après tout ça et elle est dépitée de n'avoir rien pu leur apprendre véritablement.

MILA WIZMAN

Jeune fille de 18 ans, Mila est la fille ainée d'Adam Wizman. Née dans une famille juive, elle connait et respecte les traditions religieuses tout en ayant un léger gout pour la rébellion. Sa mère, devenue de plus en plus pratiquante après le divorce, l'oblige à porter des jupes longues et à choisir un homme pour se marier bientôt. Cette pression énorme la pousse à quitter la maison de sa mère aux États-Unis pour rentrer en France chez son père.

En 2012, à l'âge de 13 ans, Mila est secouée lorsqu'un homme entre dans son école pour tirer sur des enfants sous prétexte qu'ils sont juifs. Elle reste profondément marquée à vie par cet attentat qui la rend davantage anxieuse et l'oblige à suivre un psychologue pendant des années. Mila est une fille réservée qui ne sort pas beaucoup et n'a que peu d'amis. Elle a toujours eu du mal à s'exprimer et peine à montrer ses sentiments et ses ressentis.

À la fête où elle s'est rendue avec Alexandre, elle boit de l'alcool et fume pour la première fois de sa vie. Provenant d'un monde totalement différent de lui, elle n'a pas les mêmes codes sociaux que le jeune homme. Tout au long de la scène d'agression sexuelle, Mila est effrayée, mais son corps ne réagit pas et se fige même. Elle suit simplement son instinct de survie qui lui dit de tout faire pour ne pas énerver son agresseur et risquer le pire.

Lors du procès, on découvre une jeune femme qui n'est pas aussi innocente qu'on pourrait le croire. Mila a eu une courte relation avec un homme marié plus âgé qu'elle. À quelques reprises, elle ment sur des détails par peur d'être jugée par sa mère ultra-pratiquante. Après l'agression, Mila se renferme encore plus sur elle-même et rejette tous les hommes sans exception. Son corps la dégoute et elle devient boulimique. Mila ne pourra jamais se remettre totalement de ce que lui a fait subir Alexandre. Tout ce qu'elle veut, c'est qu'on reconnaisse sa souffrance et qu'Alexandre avoue le mal qu'il lui a fait.

LE RÈGNE DE L'APPARENCE

Karine Tuil écrit fréquemment sur les hypocrisies de la vie moderne. Dans *Les Choses humaines*, les faux-semblants sont partout. Les membres de la famille Farel ont tous une personnalité différente entre leurs apparitions en société et leur vie privée, mais Adam et Mila Wizman révèlent également des aspects nouveaux de leur personne. Tous les personnages font ainsi le jeu des apparences.

Jean Farel est probablement l'individu le plus obnubilé par son image. Les chirurgies esthétiques, les régimes, les interviews, les contacts avec le public et les réseaux sociaux font partie de son quotidien plus que tout le reste. Son métier est véritablement la chose la plus importante de sa vie, bien qu'il affirme le contraire. Il est sans cesse dans les apparences à penser à comment il va être perçu ou que diront les autres de lui, etc. Tout ce qu'il dit et fait est calculé et réfléchi afin de paraitre sous son meilleur jour et d'être toujours plus apprécié.

L'admiration du public est en outre la seule chose qui le maintienne réellement en vie ; il en a besoin. Le choix de ses femmes (d'abord Claire puis Quitterie Valois), élément pourtant très personnel de l'existence, est également déterminé par les apparences. Il ne se montre ainsi qu'avec des femmes de maximum 40 ans, qui sont respectables et surtout jeunes et jolies. Ainsi, bien qu'il semble réellement amoureux de

Françoise Merle depuis 18 ans, il ne considère jamais de l'afficher à ses côtés. Françoise est en effet plus ou moins de son âge, elle n'est pas aussi mince que d'autres et elle n'est « que » directrice d'un journal pas tellement lu.

En ce qui concerne Alexandre, Jean profite également de son fils pour paraitre comme un bon père. Il le pousse à réaliser de nombreuses prouesses pour être fier de lui, mais aussi pour s'en vanter quelque peu.

Pour Claire, le monde des apparences lui est principalement imposé par Jean. Afin de le satisfaire, elle s'empêche pendant longtemps de divorcer. Même après la séparation annoncée, elle continue de se rendre à des évènements médiatiques à ses côtés pour se présenter en femme aimante et solidaire de son mari. En outre, Claire se montre forte et indépendante dans ses apparitions publiques, alors que, derrière cette façade, elle supporte très mal les critiques et la violence qu'elle reçoit parfois sur les réseaux sociaux ou en interview.

En effet, malgré le féminisme engagé qu'affirme Claire, certaines personnes ne la considèrent pas assez féministe, d'autres la pensent trop féministe. Dans ce combat, les néoféministes veulent reconnaitre la souffrance des femmes, mais aussi de toutes les minorités réprimées. Claire est d'accord avec le principe, mais est convaincue qu'il ne faut pas non plus fermer les yeux sur les faits de violences faites aux femmes sous prétexte que ces actes sont portés par des personnes racisées, par exemple. Dans ces cas-là, Claire passe pour quelqu'un de raciste alors qu'elle ne l'est pas du tout. Les nouvelles générations du féminisme se déchainent sur elle, alors même que Claire a toujours été du côté des femmes. La haine qu'elle reçoit tant dans les médias que sur les réseaux sociaux la fait beaucoup souffrir. Dans l'affaire judiciaire de son fils, Claire refuse ainsi toute déclaration à la presse – ne supportant pas qu'ils déforment ce qu'elle pourrait dire ou la lynchent publiquement. Pour elle, le fait de s'être retirée de cette façon du débat public pour protéger son fils constitue son plus grand échec.

La vie d'Alexandre tourne également autour de l'image sociale qu'il renvoie. Il se montre poli, courtois, plein de confiance en lui, il parle bien, il est entouré d'amis et de sa famille en public et il baigne dans la réussite. Pourtant, dans le privé, Alexandre est profondément seul, anxieux et timide. Il accomplit de nombreuses choses sans pour autant les vouloir vraiment. En réalité, il suit le chemin que son père trace pour lui et ne parvient pas à décider par lui-même de ce qu'il veut être. Lors de son procès, pour la première fois, il refuse l'aide paternelle qui lui offrait un des meilleurs avocats de Paris pour choisir de rester avec son avocat commis d'office. Il va contre la volonté de ses parents parce qu'il souhaite enfin sortir d'une situation par lui-même sans être pistonné.

Outre la pression de son père, Alexandre est malmené de tous les côtés par la presse et les médias modernes. Alors qu'au début du roman, le jeune homme trouve dans les réseaux sociaux une échappatoire à sa vie solitaire – quand il se sent seul, il poste une photo sur Instagram pour recevoir des likes et des commentaires positifs sur sa personne –, cette porte de sortie devient son échafaud dès l'ouverture de l'enquête judiciaire pour viol. La violence est insupportable sur Internet et le pousse très vite à supprimer tous ses comptes sur les réseaux sociaux.

Sur le Web, les esprits s'échauffent très vite et une seule erreur peut plonger la vie de quelqu'un dans le chaos. Toute la famille Farel en fait les frais, que ce soit pendant le procès et même avant. Par exemple, Jean fait une faute de frappe sur Twitter pour annoncer sa joie d'avoir reçu la Légion d'honneur en écrivant : « Légion d'horreur », et cette maladresse se retourne instantanément contre lui. En outre, sur les réseaux sociaux, les individus osent davantage prendre la parole et dénoncer ou soutenir les causes qui leur tiennent à cœur. Derrière leurs écrans, les gens font le procès d'Alexandre sans mâcher leurs mots ni retenir la violence de leurs propos – sans même connaitre toutes les pièces de l'affaire. Dans le même temps, Mila profite des réseaux sociaux pour poster un texte décrivant la souffrance qu'Alexandre a engendrée dans sa vie. Sur Internet, personne ne pèse la dureté de ses paroles et tout le monde se sent capable de juger les autres sans retenue. Les apprentis justiciers du Web sont nombreux et imposent une justice de la bien-pensance et de la morale qui risque également d'influencer la vraie justice des tribunaux.

DES SITUATIONS FLOUES ET AMBIGÜES

Dans ce roman, les personnages ne sont ni complètement gentils ni foncièrement méchants. Karine Tuil parvient subtilement à présenter tant les individus que les situations comme des entités complexes au point de les rendre difficiles à juger. En montrant des points de vue différents sur un même évènement, *Les Choses humaines* est écrit de telle manière que le lecteur éprouve de l'empathie autant pour l'accusé que pour la victime. Ainsi, aucun personnage ne peut réellement être détesté et même les plus sympathiques possèdent des zones d'ombres moins glorieuses.

L'avocat de la défense, alors même qu'il doit soutenir l'innocence d'Alexandre, parle de l'accusé comme de quelqu'un qui peut facilement être haï par le public. En effet, Alexandre réussit tout dans sa vie, presque trop facilement. Il se montre parfois condescendant et peut avoir jugé Mila comme une personne moins importante que lui de par sa religion ou de par le baccalauréat qu'elle a raté. Il veut avant tout sauver sa peau et ne pas voir ses ambitions ruinées plutôt que de savoir si Mila a réellement été blessée ou pas. Alexandre peut aussi se montrer violent et cru dans ses paroles. Pourtant, d'autres aspects de sa personnalité sont bien plus élogieux et présentent un personnage profondément triste et seul auquel on ne peut que s'attacher.

À l'inverse, la partie civile ne se révèle pas qu'une victime pleine d'innocence. Durant le procès, certains comportements de Mila sont révélés. D'abord, bien qu'elle ait affirmé être vierge lors de sa plainte, il se trouve qu'elle a eu des relations sexuelles avec un homme marié avant d'avoir été repoussée. L'avocat de la défense insinue alors qu'elle aurait peut-être développé une haine contre les hommes qui la pousserait à accuser Alexandre. Ensuite, il se trouve que Mila a suivi son agresseur de son plein gré dans le local à poubelle, qu'elle avait également bu et fumé avant les faits. D'un autre côté, Mila a tous les symptômes d'une réaction posttraumatique des victimes de viol et parait parfaitement crédible dans sa version des faits.

Bien que les défauts et les reproches des deux parties soient assez violents, voire méchants, les avocats ne font que leur travail pour tenter de comprendre au mieux la psychologie des concernés. Le passé des deux individus et leur personnalité sont donc décortiqués dans tous les sens au point, d'un côté, de réduire le sentiment de haine qu'un accusé de viol pourrait susciter, et de l'autre côté, d'atténuer l'empathie que déclenche une victime d'agression sexuelle. Ainsi, ni l'un ni l'autre n'est complètement aimé ou détesté. Le lecteur ne peut qu'essayer de comprendre les deux de manière égale.

À plusieurs reprises, cependant, le procès semble pencher vers Mila, comme si c'était elle qui était jugée. En tant que partie de l'accusation, Mila doit répondre à de nombreuses questions qui s'avèrent souvent intrusives, gênantes, voire destructrices. Le juge doit alors plusieurs fois rappeler à l'avocat de la défense qu'il ne peut pas malmener la victime. Finalement, le jugement semble autant porter sur Mila que sur Alexandre dans cette affaire. Karine Tuil illustre bien comment la société actuelle juge les histoires d'agression sexuelle, condamnant à la fois l'accusé et remettant en cause la victime.

Tout au long du roman, les personnages disent et redisent leur version des faits sans en changer. Alexandre reste persuadé que Mila était consentante ; Mila, qu'il l'a violée. Lorsque la scène de l'agression est décrite pour la première fois à travers les souvenirs d'Alexandre, rien ne laisse à penser qu'il y a eu usage de la contrainte ou de la violence. Le seul évènement dérangeant moralement concerne le caractère humiliant de l'acte sexuel du fait du bizutage réalisé par Alexandre sur Mila. Après cette première description, tout tourne très vite autour de l'accusation de viol et le récit qu'en fait Mila est beaucoup plus glaçant et effrayant.

Cependant, le lecteur a autant envie de croire l'accusé que la victime en connaissant déjà les bagages émotionnels et personnels des deux individus. Si Mila n'a pas de vrai motif pour mentir sur le viol, Alexandre n'a aucun intérêt à violer une fille ni besoin d'user de la force pour avoir une relation sexuelle. Leurs deux versions des faits concordent et pourtant ils n'ont aucunement perçu les choses de la même manière. Pour le jeune homme, Mila avait envie de ce rapport et l'a délibérément suivi dans ce local pour cette raison ; pour elle, elle voulait juste prendre l'air quand Alexandre l'a forcée à coucher avec lui. Finalement, il semble que la scène ait donné lieu à deux versions très distinctes et pourtant tout aussi vraies l'une que l'autre. La justice cherche à établir une vérité unique qui n'existe toutefois pas dans cette affaire. Deux vérités d'un même fait coexistent et se chevauchent, laissant l'accusation de viol dans une zone grise, ni toute blanche, ni toute noire.

LES CONTRADICTIONS DE L'IDENTITÉ

Karine Tuil fournit un roman de l'ambigüité, mais aussi de la contradiction humaine. Les différentes personnalités des personnages ont tous en commun de renfermer de nombreuses discordances. Si Alexandre et Mila voient la complexité de leur caractère et de leur individualité révélée par leurs avocats, Jean, Claire et même Adam sont aussi le fruit de leurs dissonances.

Chez Jean Farel, la contradiction tient dans ses relations avec les femmes qu'il aime. Il s'associe en effet toujours avec des concubines beaucoup plus jeunes que lui. Pourtant, Jean choisit Françoise Merle comme maitresse alors qu'elle a plus ou moins le même âge que lui. Lorsque la maladie d'Alzheimer atteint Françoise, il reste à ses côtés et se rend compte qu'elle est la seule personne qu'il ait vraiment aimée. Il prend soin d'elle, supporte ses humeurs, lui donne à manger et la lave quand elle devient vraiment démente alors même qu'elle ne se souvient plus de lui. Il reste fidèle et loyal à cette dame âgée avec une tendresse qu'on ne lui reconnait presque pas. Dans le même temps, son amour reste diminué par une volonté égoïste de continuer sa propre vie. Alors que pendant 18 ans, Françoise a attendu qu'il divorce et la choisisse, lorsque Jean se sépare enfin de Claire, il ne le lui dit pas, puis choisit une femme beaucoup plus jeune pour se remarier. Il profite de sa dégénérescence mentale pour ne pas lui dire ces choses-là. En outre, malgré sa présence quotidienne à ses côtés, Jean ne parvient pas à réaliser les dernières volontés de Françoise : l'aider à aller en Suisse pour organiser son suicide assisté par des professionnels

– Françoise n'ayant jamais voulu devenir vieille ni perdre la tête. Jean ne sait pas faire la part des choses entre ses réels sentiments et son besoin de paraitre. Il est même difficile de savoir s'il est vraiment amoureux de Quitterie ou s'il aime son image et sa jeunesse.

Claire Farel, elle, illustre le mieux la dissonance cognitive. Nombre de ses comportements quotidiens entrent en effet en contradiction directe avec ses valeurs et ses engagements féministes. Claire veut être une femme forte, indépendante, libre, autonome et capable de s'affirmer. Pourtant, dans la vie réelle, ses idéaux sont bafoués par ses propres actes. Elle abandonne ses ambitions professionnelles aux États-Unis pour se marier avec Jean en France ; elle devient mère et supporte difficilement le renoncement de soi que cela implique ; elle joue l'épouse parfaite, presque soumise, alors qu'elle voudrait divorcer ; elle défend son fils accusé de viol alors qu'elle aimerait croire la victime. Non seulement la maternité affecte beaucoup sa vie, mais en plus, elle soumet grandement Claire à une existence dévouée à son mari et à son enfant. Le cancer du sein qu'elle contracte l'assujettit également à un corps limité, qui doit souvent se mettre à nu devant des médecins et pour des examens. Claire subit énormément sa vie comme si elle n'en était pas l'actrice principale, mais une prisonnière. Elle se sent dépendante de sa famille, de sa situation et de sa maladie, impuissante face aux murs qu'elle a érigés elle-même et incapable de faire des choix pour son propre bonheur.

Dans le personnage d'Adam Wizman, comme dans celui de Mila, les contradictions se situent entre les traditions religieuses du judaïsme et l'affirmation de soi. Tous deux ont établi leur existence dans la continuité de la loi juive et semblent vouloir s'en détacher sans y parvenir complètement. Adam divorce ainsi de sa femme pour pouvoir connaitre véritablement l'amour pour la première fois avec Claire. En faisant ce choix, il perd toutefois son job qu'il aimait tant et il est renié par toute la communauté juive qui l'a vu naitre. Il a passé toute sa vie soumis à des règles qui réprimaient sa vraie personnalité, mais il réussit enfin à en sortir. De la même façon, Mila quitte la société ultra-pratiquante dans laquelle vit sa mère pour rejoindre son père en France et vivre comme elle l'entend. L'un comme l'autre se retrouvent cependant dans une situation compliquée qui les pousse à regretter leurs choix.

Tous les personnages ont ainsi des remords, des décisions qu'ils auraient aimé prendre ou ne pas prendre, des relations qu'ils auraient voulu vivre ou pas, etc. Dans son roman, Karine Tuil parvient à exprimer intelligemment les « choses humaines » de l'existence. La vie des individus se présente ainsi comme une succession de hauts et de bas où les choix et les actes ont toujours des conséquences et où tout peut basculer à n'importe quel moment.

PISTES DE RÉFLEXION

QUELQUES QUESTIONS
POUR APPROFONDIR SA RÉFLEXION...

- Claire et Jean Farel forment un couple parfait en apparence et pourtant ne partagent plus rien à part leur fils et le gout pour les discussions intellectuelles. En privé, ils s'opposent sur de nombreux points. Leur vision de l'amour est ainsi très différente au début du roman, que pouvez-vous en dire ?

- Après le verdict du procès, Claire et Jean sont extrêmement épuisés, ils sont à bout. Pour diverses raisons, pourtant, ils continuent à vivre malgré tout. Cette poursuite de l'existence est toutefois extrêmement différente chez Claire et chez Jean. Expliquez en quoi et pourquoi cette distinction met encore une fois en relief l'inégalité entre les hommes et les femmes et entre un père et une mère au sein d'une famille.

- Relevez les comportements de Mila après la soirée où a eu lieu le viol. En quoi pouvez-vous reconnaitre que Mila a été victime d'une agression sexuelle ? Quelles sont ses réactions posttraumatiques ?

- Karine Tuil offre une illustration de la culture du viol dans notre société. Quels sont les éléments dans le roman qui vous indiquent que cette façon de penser est bien ancrée chez les personnages principalement masculins ? Trouvez au moins trois remarques ou scènes sexistes qui représentent cela et expliquez en quoi ces passages sont discriminants et irrespectueux pour les femmes.

- Observez comment se comportent les membres de la famille Farel face aux réseaux sociaux. Entretiennent-ils un rapport sain à ces nouveaux médias ? Justifiez.

- La morale et ses règles jugent du bien et du mal des actions humaines. Dans *Les Choses humaines*, Karine Tuil présente des situations et des personnages qui ne se situent ni complètement dans le bien ni complètement dans le mal. Sous prétexte de la bien-pensance, les individus sur les réseaux sociaux se permettent de juger tout et tous. Selon vous, quelles peuvent être les dérives de la bien-pensance dans notre société ? Développez votre avis en illustrant par des éléments du livre.

- À la fin du roman, Alexandre crée une application de rencontre pour créer et discuter avec une intelligence artificielle avec qui établir une véritable relation réciproque. En quoi cette invention découle-t-elle directement des réflexions qu'il a pu avoir durant et après son procès pour viol ?

- Nietzsche a déclaré : « Il n'y a pas de vérité, il n'y a que des perspectives sur la vérité ». Comment cette citation entre-t-elle en résonnance avec l'affaire de viol d'Alexandre ? Commentez à partir d'éléments du roman.

POUR ALLER PLUS LOIN

ÉDITION DE RÉFÉRENCE

- Tuil K., *Les Choses humaines*, Paris, Gallimard, 2019.

ADAPTATIONS

- *Les Choses humaines*, film de Yvan Attal, avec Ben Attal, Suzanne Jouannet, Charlotte Gainsbourg, Pierre Arditi, Mathieu Kassovitz, Benjamin Lavernhe, Audrey Dana et Judith Chemla, 2021.

lePetitLittéraire.fr

- un résumé complet de l'intrigue ;
- une étude des personnages principaux ;
- une analyse des thématiques principales ;
- une dizaine de pistes de réflexion.

**Retrouvez
notre offre complète sur
lePetitLittéraire.fr**

ISBN version numérique : 9782808026758
ISBN version papier : 9782808026765
Dépôt légal : D/2021/12603/178

Conception numérique : Primento,
le partenaire numérique des éditeurs.